Les quinze ans de Daisy

adapté par Alison Inches
basé sur le scénario télévisé de Valerie Walsh
illustré par Dave Aikins

Paru sous le titre original : *The Birthday Dance Party Daisy's Fiesta de Quinceañera*

Publié par Presses Aventure, une division de
Les Publications Modus Vivendi Inc.
55, rue Jean-Talon Ouest, 2ᵉ étage
Montréal (Québec)
Canada H2R 2W8

Dépôt légal : Bibliothèque et Archives nationales du Québec, 2008
Dépôt légal : Bibliothèque et Archives Canada, 2008

Traduit de l'anglais par : Catherine Girard-Audet

ISBN 13 : 978-2-89543-860-1

Nous reconnaissons l'aide financière du gouvernement du Canada par l'entremise du Programme d'aide au développement de l'industrie de l'édition (PADIÉ) pour nos activités d'édition.

Gouvernement du Québec — Programme de crédit d'impôt pour l'édition de livres — Gestion SODEC

Imprimé en Chine

Hi! Je suis Dora, et voici Babouche. Aujourd'hui, nous allons célébrer le quinzième anniversaire de ma cousine Daisy - *her fifteenth birthday party.* C'est un anniversaire très spécial puisqu'elle devient une jeune femme !

Babouche et moi avons besoin de ton aide pour transporter le cadeau de Daisy - sa couronne spéciale et les chaussures qu'elle doit porter pour son anniversaire. Elle ne peut commencer la fête sans eux!

Veux-tu nous aider à transporter la couronne et les chaussures jusqu'au *birthday party* de Daisy?
Chouette!

Carte dit que nous devons d'abord passer par la grange,
puis traverser la Forêt Tropicale pour nous rendre jusqu'à
la fête de Daisy!

N'oublie pas de surveiller Chipeur, le renard sournois. Il tentera peut-être de chiper le cadeau de Daisy. Si tu le vois, tu dois dire : «Chipeur, arrête de chiper!» *Let's go!* Allons-y!

Voici la Grange! Hé! Vois-tu ce drôle de canard?

Attends un peu... Ce n'est pas un canard !
C'est Chipeur le renard !

Oh, non! Chipeur a chipé le cadeau de Daisy et l'a jeté sur ce tapis roulant. Le cadeau s'éloigne! Nous devons récupérer le cadeau de Daisy.

Si le cadeau se trouve sur le tapis roulant marqué d'un cercle, dis « circle! » Si le cadeau se trouve sur le tapis roulant marqué d'un triangle, dis « triangle! »

Vite! Sur quel tapis roulant se trouve le cadeau? *Yes! The circle!*

Nous avons récupéré le cadeau de Daisy et nous avons
contourné la Grange. Merci de nous avoir aidés! Nous devons
maintenant traverser la Forêt Tropicale. Regarde! Il y a un
nuage de pluie au-dessus de la forêt. Nous ne pouvons pas
mouiller le cadeau de Daisy!

Vois-tu quelque chose à l'intérieur de Sac-à-dos qui puisse nous permettre de rester au sec dans la Forêt Tropicale? *Yes! The umbrella!* Il nous gardera au sec. Bonne idée!

Nous avons traversé la Forêt Tropicale sans nous faire mouiller! Voici mon cousin Diego et Bébé Jaguar. Diego est le frère de Daisy.

Hi, cousin!

Diego est lui aussi en chemin vers le *birthday party* de Daisy.

Nous pouvons y aller ensemble! Allons-y!

Ding! Dong! Ding! Dong!

Les cloches sonnent! C'est l'heure de la fête de Daisy, mais la fête ne peut pas commencer sans nous puisque nous avons la couronne et les chaussures de Daisy!

Nous devons faire vite ! Diego dit que les condors géants peuvent nous transporter rapidement jusqu'à la fête.

Regarde! Nous sommes arrivés à la fête! Voici ma cousine Daisy. Joyeux anniversaire, Daisy! Nous avons ta couronne spéciale et tes chaussures. Tu peux donc commencer ton *fifteenth birthday party!*

Babouche et moi devons d'abord enfiler nos tenues de soirée!

Il est maintenant l'heure de commencer la cérémonie. La *Mommy* de Daisy pose la couronne spéciale que nous lui avons apportée sur la tête de Daisy. Le *Daddy* de Daisy l'aide à enfiler ses jolies chaussures. *Wow!* Daisy a vraiment l'air d'une jeune femme!

Daisy et son *Daddy* doivent maintenant marcher bras dessus, bras dessous le long de l'allée centrale.
Applaudissons pour féliciter Daisy !

C'est maintenant l'heure de la danse! Dansons tous le mambo.
J'adore le mambo. Veux-tu danser le mambo avec nous?

Voici comment tu dois t'y prendre :
    Marche sur place...
    Trémousse tes hanches...
    Puis balance tes mains dans les airs !
Tu danses le mambo !

Mambo! Mambo! C'est gagné! *We did it!* Merci de nous avoir aidés à nous rendre jusqu'à la fête de Daisy. Nous n'aurions pas pu y arriver sans ton aide!